몬스터 해결사
덤불 백작

1. 핼러윈 사랑 사건

여러분은 사람과 몬스터가 함께 사는

'몬스먼 마을'에 오셨습니다.

사람이든 몬스터든 누구나 환영합니다.

정체 모를 사건이 생겨도 걱정하지 마세요.

몬스먼 마을의 든든한 해결사,

덤불 백작이 있으니까요.

몬스터 해결사
덤불 백작

1. 핼러윈 사탕 사건

김하연 글 | 이세아 그림

베틀·북
BETTER BOOKS

등장인물 소개

까로
덤불 백작의 지혜로운
조수

덤불 백작
'덤백'으로도 불리는 '오지라퍼'
뱀파이어 해결사

왕코 마녀
으스스 캔디 가게의 주인

우아한 늑대 인간
우아해 레스토랑의 주인

달콤 캔디 가게 주인
'핼러윈 사탕 사건'의 피해자

경찰서장
덤불 백작이 못마땅한 몬스먼
마을 경찰서의 서장

프랑켄슈타인
몬스터 몽땅 잡화점의
주인

비가 세차게 내리는 토요일 밤.

왕코 마녀는 몬스먼 마을에서 가장 크고 유명한 사탕 가게 '달콤 캔디' 앞에 섰어요. 주위에 아무도 없다는 것을 확인한 마녀는 빗자루로 가게 유리창을 깼지요.

왕코 마녀는 몬스먼 마을의 또 다른 사탕 가게 '으스스 캔디'의 주인이에요. 아이들은 퉁명스러운 왕코 마녀가 주인으로 있는 으스스 캔디보다는 달콤 캔디를 훨씬 좋아했지요.

'흐흐흐. 이 가게가 망하면 다들 우리 가게로 몰려오겠지.'

왕코 마녀는 망토 속에서 작은 주머니를 꺼냈어요. 그리고 가게 안을 돌아다니며 간지럼풀로 만든 마법 가루를 사탕과 젤리, 초콜릿 들에 잔뜩 뿌렸어요.

마법 가루가 풀풀 날리자 왕코 마녀는 정신없이 재채기를 했어요.

'간지럼풀을 너무 많이 넣었나? 어쨌든 내일 이곳에서 사탕을 사 먹은 아이들은 지독한 콧물과 재채기에 시달릴 거야. 이제 여기에서는 아무도 사탕을 안 사겠지. 달콤 캔디여, 영원히 안녕!'

왕코 마녀는 또 다른 주머니에서 빨간 장미 꽃잎 두 장을 꺼내 바닥에 하나씩 떨어뜨렸어요.

왕코 마녀는 다시 유리창을 넘어 거리로 나왔어요. 집으로 돌아온 마녀는 증거를 없애기 위해 텃밭에 심어 놓

앉던 간지럼풀을 모조리 뽑았어요. 하지만 간지럼풀의
뿌리는 하필이면 형광색이었지요. 간지럼풀을 뽑을 때
떨어진 잔뿌리들이 흙 위에서 노란 형광빛을 내뿜었어
요.

　'귀찮게 돼 버렸군.'

　왕코 마녀는 흙 위에 떨어진 잔뿌리들을 주워 모았어
요. 비는 점점 더 요란하게 퍼붓기 시작했어요.

　마녀는 너무나 피곤했어요. 비를 하도 많이 맞았더니

온몸이 으슬으슬했지요.

'이 정도면 됐어. 나머지는 비에 씻겨 내려가겠지.'

왕코 마녀는 집 안으로 들어왔어요. 자신의 방에서 깊은 잠에 빠진 마녀는 으스스 캔디에 엄청난 손님들이 몰려드는 행복한 꿈을 꾸기 시작했어요.

오늘 밤 자신이 한 일을 모두 지켜본 누군가가 있을 거라고는 조금도 상상하지 못했답니다.

달콤 캔디에 무슨 일이?

화창한 월요일 아침, 사이렌을 번쩍이는 경찰차가 달콤 캔디 앞에 서 있었어요. 경찰들이 가게 안에서 사탕들을 살펴보고 있었지요. 달콤 캔디의 사장과 이야기를 나누던 경찰서장은 덤불 백작이 들어오자 얼굴을 찌푸렸어요. 어떤 일에든 무슨 일에든 다 참견하는 덤불 백작이 늘 못마땅했거든요.

"덤불 백작! 당신은 왜 온 거야?"

"안녕하십니까, 서장님. 가게 앞에 경찰차가 있길래 무

슨 일인가 싶어서요."

"지금은 아침이라고! 뱀파이어라면 관에서 자고 있어야 할 시간 아닌가?"

덤불 백작은 그럴 리가 있겠냐는 듯 씩 웃었어요. 덤불 백작의 지팡이 위에 앉아 있던 아기 까마귀가 날아올랐어요. 그리고 덤불 백작의 덤불처럼 거대한 주황색 머리카락 속에서 알약을 꺼냈지요.

"백작님은 아침에도 돌아다닐 수 있어요! '초강력 햇빛 막아 약'만 먹으면 끄떡없죠!"

"이 새는 또 뭐야?"

덤불 백작이 설명했어요.

"제 친구 까로입니다. 어느 날 제 머리카락 속에서 까악까악 하는 아기 새의 울음소리가 들리지 뭡니까. 글쎄,

엄마 까마귀가 제 머리카락 속에 알을 낳고 떠나 버렸던 거예요. 그 뒤로 이렇게 같이 다니고 있죠."

"머리카락 속에 알이 든 걸 어떻게 모를 수가 있어!"

달콤 캔디의 사장이 끼어들었어요.

"알이고 뭐고, 제발 이 사건을 빨리 해결해 주세요. 일요일에 우리 가게에서 사탕을 사 먹은 아이들이 무시무시한 재채기와 콧물에 시달리고 있습니다. 어찌 된 일인지 도무지 모르겠어요!"

경찰서장이 사장을 수상한 눈초리로 쳐다봤어요.

"흠, 오래된 사탕을 팔았나 보군."

"아닙니다! 이번 핼러윈을 맞아 새로 들여온 따끈따끈한 사탕들입니다!"

덤불 백작은 지팡이로 깨진 유리창을 가리켰어요.

"유리창은 왜 저렇게 됐나요?"

"어제, 그러니까 일요일 아침에 가게를 열려고 나와 보니, 유리창이 완전히 박살 나 있었어요. 그래서 가게 안에 떨어진 유리 조각들을 깨끗이 치우고, 어린이 손님들에게 달콤한 것들을 팔기 시작했습니다."

"토요일 밤에는 비가 참 많이 왔지요. 청소하느라 힘드셨겠네요."

사장의 눈에 눈물이 그렁그렁 맺혔어요.

"청소가 문제가 아닙니다. 아이들이 아프다니까요! 몬
스먼 마을에 소문이 쫙 퍼져서 아무도 오지 않아요. 이제
달콤 캔디는 망했어요!"

경찰서장이 한심하다는 듯이 말했어요.

"유리창이 깨진 걸 보자마자 신고를 했어야지요."

"처음에는 도둑이 들었다고 생각했지만 사라진 물건은
없었거든요. 누가 장난으로 돌이라도 던지고 도망갔나
싶었지요. 그래도 혹시나 하는 마음에 청소하기 전에 가
게 사진을 찍어 두었습니다."

경찰서장은 사진을 흘깃 쳐다봤어요.

"수상한 점은 없군."

덤불 백작이 말했어요.

"오, 그렇군요. 저도 사진을 봐도 되겠습니까?"

"그러든지 말든지."

덤불 백작이 사진을 받아 들자, 까로가 덤불 백작의 머리카락 속에서 돋보기를 꺼내 주었어요. 덤불 백작은 돋보기로 사진을 꼼꼼히 살폈지요. 깨진 유리창으로 새어

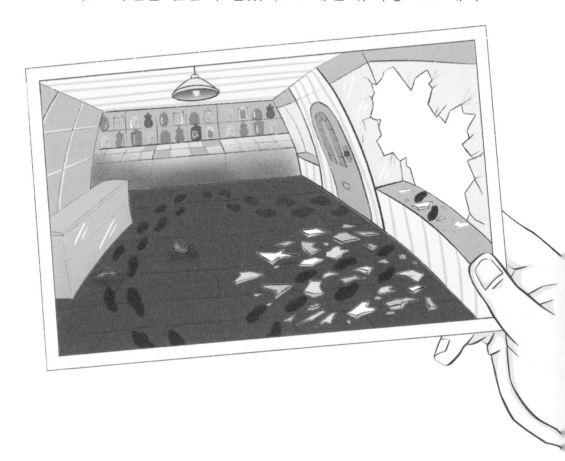

든 비 때문에 바닥은 지저분했지만 발자국이 찍혀 있었어요.

"가게에 들어온 사람은 한 명이군요. 한 사람의 발자국만 있어요. 발자국의 움직임을 보면 범인은 사탕과 젤리, 초콜릿 들을 살펴보며 돌아다닌 것 같습니다. 그런데 훔쳐 간 것이 아무것도 없다니 정말 이상하네요."

경찰서장이 말했어요.

"이번 주 목요일이 핼러윈이야. 사람들과 몬스터들이 핼러윈 사탕을 어디에서 구하느냐고 날 들볶기 시작했어. 빨리 사건을 해결해야 한다고!"

덤불 백작이 말했어요.

"오, 몬스먼 마을에 사탕 가게가 또 있다는 걸 모르시나 보군요. 으스스 캔디에 가라고 하세요."

"거긴 왕코 마녀가 하는 곳이잖아! 아이들은 그 마녀를 무서워한다고!"

사장도 엄지손가락을 치켜들었어요.

"맞습니다! 왕코 마녀는 불친절하기로 유명하고, 우리 가게보다 사탕 종류도 훨씬 부족해요. 달콤한 것이라면 우리 달콤 캔디가 최고지요!"

덤불 백작은 가게 안을 돌아다니며 사탕과 젤리, 초콜릿 들을 꼼꼼히 살펴봤어요. 코를 대고 냄새를 맡은 순간, 요란하게 재채기를 했지요. 덤불 백작은 또다시 냄새를 맡았어요. 이번에도 시끄러운 재채기가 나왔어요.

"킁킁, 죄송합니다. 아, 사진을 보니 바닥에 꽃잎 두 장이 떨어져 있던데요?"

경찰서장이 머리를 긁적였어요.

"그랬나? 어디에?"

까로가 경찰서장이 들고 있던 사진에서 꽃잎이 떨어져 있는 곳을 부리로 콕콕 찔렀어요. 사장은 봉지에 넣어 둔 장미 꽃잎 두 장을 가져왔어요.

"혹시나 싶어 잘 보관해 두었어요."

덤불 백작은 봉지를 열고 꽃잎의 냄새를 맡았어요.

"향기가 아직도 진하네요! 이 꽃잎은 왜 바닥에 떨어져 있었을까요?"

경찰서장이 말했어요.

"토요일 밤은 비바람이 엄청나게 불었다고. 깨진 유리창으로 날아 들어왔겠지."

"오, 그렇군요!"

덤불 백작이 깨진 유리창 밖으로 고개를 내밀자, 까로

가 머리카락 속에서 망원경을 꺼내 주었어요. 덤불 백작
은 망원경으로 거리를 샅샅이 살폈지만 장미 꽃잎이 날
아올 만한 곳은 없었어요.

그때 사장이 외쳤어요.

"사실…… 저한테 짚이는 게 있습니다!"

가게 안의 모든 시선이 사장에게 쏠렸어요. 사장이 선
언하듯 말했어요.

"누가 범인인지 알 것 같아요!"

우아해 레스토랑의
우아한 늑대 인간

사장은 말을 이었어요.

"저희 가게 옆에는 '우아해 레스토랑'이 있어요. 그곳 사장은 늑대 인간인데 항상 양복 윗주머니에 장미 한 송이를 꽂고 다니지요. 혹시 그 늑대 인간이 우리 가게에 몰래 들어왔던 게 아닐까요?"

덤불 백작의 눈이 동그래졌어요.

"오, 중요한 정보로군요. 그 늑대 인간에 대해 자세히 말씀해 주시겠습니까?"

"저와 그 늑대 인간은 오래전부터 사이가 좋지 않았어요. 우아해 레스토랑에는 고급 손님들만 오는데 저희 가게에 드나드는 아이들이 시끄럽게 군다고 늘 투덜댔거든요. 아이들이 사탕이나 초콜릿 껍질을 레스토랑 앞에 버리는 바람에 저랑 몇 번 싸운 적도 있다니까요?"

경찰서장이 말했어요.

"으하하, 범인이 벌써 나왔군! 덤불 백작, 이제 성으로 돌아가서 그 엉망진창인 머리카락이나 빗으시지?"

덤불 백작의 눈이 더 동그래졌어요.

"범인을 벌써 찾아내시다니. 대단하십니다, 서장님! 그래서 범인은 누군가요?"

"당연히 늑대 인간이지! 이곳에 몰래 들어와서 돌아다니다가 양복에서 장미 꽃잎이 떨어진 거야!"

"오, 그렇군요. 하지만 늑대 인간이 달콤 캔디에 들어온 것과 아이들에게 탈이 난 게 무슨 상관이죠?"

"내가 어떻게 알아! 일단 우아해 레스토랑에 가 봐야겠어."

사장이 말했어요.

"우아해 레스토랑은 낮 12시에 문을 엽니다. 지금은 늑대 인간이 공원을 산책하고 있을 시간이네요."

덤불 백작이 말했어요.

"서장님, 저와 함께 찾아보시지요. 그 늑대 인간이 어떻게 생겼는지 말씀해 주시겠습니까?"

"짙은 파란색 양복을 입고, 선글라스를 끼고 다녀요. 머리는 지렁이 기름을 발라 반지

르르하게 빗어 넘기고, 양복 윗주머니에 장미꽃을 꽂고 있지요. 그냥 공원에서 제일 느끼한 늑대를 찾으시면 됩니다!"

덤불 백작과 경찰서장은 몬스먼 공원 쪽으로 걸어갔어요. 호박 등과 해골 장식, 창문에 드리운 거미줄 등등 거리는 핼러윈 장식들로 가득했지요.

몬스먼 공원에 도착한 덤불 백작과 경찰서장은 파란 양복을 입은 늑대 인간을 찾아 두리번거렸어요. 머지않아 저쪽에서 늑대 인간이 나타났지요. 경찰서장이 달려가며 외쳤어요.

"꼼짝 마! 늑대 인간, 당신을 핼러윈 사탕 사건의 범인

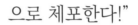

으로 체포한다!"

늑대 인간이 날카로운 이빨을 드러내자 경찰 서장은 덤불 백작의 낡은 망토 뒤로 얼른 숨었어요. 덤불 백작이 달콤 캔디에서 벌어진 사건을 늑대 인간에게 말해 주었지요. 늑대 인간은 코웃음을 치며 말했어요.

"달콤 캔디에 오는 꼬맹이들 때문에 골치가 지끈거렸는데 그것참 고소하군요!"

경찰서장이 망토 뒤에서 얼굴을 내밀었어요.

"거봐, 역시 당신이 수상해!"

"고작 장미 꽃잎 때문에 날 범인으로 모는 건가요?"

"뻔하잖아! 장미를 달고 다니는 사람이나 몬스터는 당신밖에 없다고!"

덤불 백작이 말했어요.

"실례지만 가슴에 꽂고 계시는 장미를 봐도 되겠습니까?"

"얼마든지요. 난 숨기는 게 없어요!"

덤불 백작은 장미꽃을 요리조리 바라보고, 만져 보고, 냄새도 맡았어요. 생각에 몰두하자 고불고불하던 머리카락이 철사처럼 뻣뻣하게 하늘로 치솟았지요.

"오, 이건 진짜 꽃이 아니군요! 아주 잘 만들어진 가짜 꽃입니다."

경찰서장이 외쳤어요.

"그렇겠지! 달콤 캔디에 꽃잎을 죄다 떨어뜨려서 어쩔 수 없이 가짜 꽃을 단 거야. 자, 경찰서로 가자고!"

"이봐요, 난 진짜 꽃을 달고 다니지 않아요. 진짜 꽃은

하루만 지나도 꽃잎이 흐물흐물해진다고요. 난 언제나 최고급 가짜 장미를 꽂고 다닙니다."

덤불 백작이 고개를 끄덕였어요.

"멀리에서 봤을 때는 저도 당연히 진짜 장미라고 생각했습니다. 범인도 당신이 가짜 장미를 달고 다닐 줄은 꿈에도 몰랐겠지요."

경찰서장이 말했어요.

"그게 무슨 말이야, 이자가 범인이라고! 늑대 인간들은 입만 열면 거짓말이지."

"뭐가 어째? 우리 직원들한테 내 말이 진짜인지 물어보면 되잖아!"

늑대 인간의 얼굴이 시뻘게지더니 손등과 얼굴의 털이 자라기 시작했어요. 경찰서장은 이번에는 덤불 백작의 망토 속으로 숨었어요.

그때 까로가 덤불 백작의 지팡이 위로 날아올랐어요.

그러고는 덤불 백작의 귓가에 뭐라고 속삭였지요. 덤불 백작은 나무 뒤에서 자신을 훔쳐보는 남자아이를 흘깃 쳐다보고는 늑대 인간에게 물었어요.

"달콤 캔디의 유리창이 깨진 토요일 밤에는 어디에 계셨나요?"

"그날은 마침 보름달이 뜨는 밤이었습니다. 간만에 늑대 인간 친구들과 늑대로 변신해서 시원한 비를 맞으며 산속을 뛰어다녔지요."

덤불 백작이 자신의 망토를 홱 들추었어요. 풀풀 날리는 먼지 때문에 경찰서장은 재채기를 했어요.

"서장님, 이분은 범인이 아닙니다. 사건이 벌어졌던 시간에 한 일도 확실하고, 무엇보다 가짜 장미를 꽂고 다니니까요. 달콤 캔디에 떨어져 있던 장미 꽃잎은 이분을 범인으로 몰기 위해 진짜 범인이 꾸민 짓입니다."

늑대 인간은 보란 듯이 자리를 떠났어요.

기분 좋은 가을 햇빛이 공원을 산책하는 인간과 몬스터들을 비추었지만, 덤불 백작과 경찰서장의 마음은 무겁기만 했어요.

"이봐, 덤불 백작. 핼러윈이 되기 전에 범인을 꼭 찾아야 해. 핼러윈은 몬스먼 마을의 가장 큰 축제야. 아이들이 콧물을 질질 흘리고 재채기를 하면서 사탕을 받으러 다닐 수는 없다고. 혹시 좋은 방법이 없겠나?"

"글쎄요, 아직은 잘 모르겠습니다. 일단 헤어지죠. 가 봐야 할 곳이 있거든요."

오싹오싹, 으스스 캔디

까로가 덤불 백작의 덤불 같은 머리 위로 날아올랐어
요.

"가 봐야 할 곳이 어디예요, 백작님?"

"으스스 캔디에 간단다, 까로."

"거긴 왜요?"

"으스스 캔디에도 똑같은 일이 벌어지지 말라는 법은
없지. 게다가 며칠 뒤면 핼러윈이잖니. 으스스 캔디에 가
서 사탕을 미리 사 놓으려고. 사탕이 없으면 우리 성에

오는 아이들이 실망할 거야."

덤불 백작과 까로는 왕코 마녀의 사탕 가게 으스스 캔디 앞에 도착했어요. 덤불 백작은 왜 으스스 캔디가 달콤 캔디에 비해 인기가 없는지 알 수 있었어요. 으스스 캔디는 달콤 캔디보다 훨씬 외진 곳에 있었고, 가게까지 오는 길은 잡초투성이여서 걷기가 힘들었거든요. 게다가 왕코 마녀는 버려진 집을 가게로 고쳐서 쓰고 있었는데 음, 건물은 금방이라도 쓰러질 듯 무척 낡아 있었어요.

한편 왕코 마녀는 가게 열 준비를 하고 있었어요. 달콤 캔디에 손님이 뚝 끊긴 것만 생각하면 노래가 절로 나왔지요.

"오, 왕코 마녀님! 잘 지내셨습니까? 꽤 오랜만이네요!"

왕코 마녀는 덤불 백작을 보고 인상을 썼어요. 여기저기 참견하기를 좋아하는 덤불 백작을 좋아하지 않았거든요. 사실 왕코 마녀는 누구도 좋아하지 않았어요. 딱 한 명만 빼고요.

"흥, 당신이 우리 가게에는 어쩐 일이지?"

"사탕 가게에 왜 왔겠습니까? 당연히 사탕을 사러 왔지요."

"아직 가게 문 안 열었으니까 나가!"

"오, 그럼 열 때까지 구경이나 하며 기다리겠습니다."

덤불 백작은 가게를 찬찬히 둘러봤어요. 걸음을 옮길 때마다 청소를 하지 않은 바닥에서 먼지가 뿌옇게 피어

올랐지요. 사탕과 젤리, 초콜릿이 든 통에는 거미줄이 지저분하게 드리워 있었고, 달콤 캔디에 비하면 종류도 부족했어요.

"마녀님은 꽃은 안 좋아하시나요?"

"그건 뭐 하러 묻지?"

"오, 별일 아닙니다. 가게에 장미라도 있으면 분위기가 훨씬 산뜻해질 것 같아서요."

"마녀들은 어둡고 오싹한 걸 좋아해. 장미라니 말도 안 되는 소리."

왕코 마녀는 구석에 있는 쓰레기통을 흘끔거렸어요. 덤불 백작의 말을 듣자, 꽃잎 두 장을 떼고 버린 장미가 생각났거든요. 그 장미는 여전히 쓰레기통 안에 들어 있었어요. 왕코 마녀는 꽃게처럼 옆으로 슬금슬금 걸어가

쓰레기통을 열었어요. 그러고는 끼고 있던 장갑을 장미 위에 던져 넣었지요.

다행히 덤불 백작은 선반에 놓인 액자를 보고 있었어요. 잠시 마음을 놓았던 마녀는 덤불 백작이 고개를 휙 돌리는 바람에 심장이 떨어질 뻔했어요.

"오, 이 소식을 깜박했네요. 혹시 달콤 캔디에서 벌어

진 일은 들으셨습니까?"

덤불 백작은 달콤 캔디에서 벌어진 일을 자세히 들려주었어요.

"범인은 핼러윈을 싫어하는 인간이나 몬스터일지도 모릅니다. 사탕을 못 사게 해서 핼러윈 축제를 엉망으로 만들려는 거죠. 제 생각이 맞다면 으스스 캔디도 조심해야 합니다. 아시다시피, 몬스먼 마을에는 사탕 가게가 두 곳밖에 없으니까요."

왕코 마녀는 애써 태연하게 말했어요.

"핼러윈에 사탕이 없다니 정말 끔찍한 일이군. 우리 가게에서 파는 사탕에는 아무 일도 안 생겼으니 걱정하지 마. 아까 장미 꽃잎이 달콤 캔디 바닥에 떨어져 있었다고 했지? 그렇다면 우아해 레스토랑 주인을

조사해 봐. 그 늑대 인간은 늘 장미꽃을 꽂고 다니거든.”

“오, 그건 어떻게 아셨습니까? 우아해 레스토랑은 이곳에서 꽤 멀리 있는데요.”

왕코 마녀는 움찔했어요.

“늑대 인간이 꽃을 달고 다니다니, 멀리서도 눈에 띄잖아!”

덤불 백작은 시무룩하게 말했어요.

“그 늑대 인간은 범인이 아니었습니다. 달콤 캔디에 떨어져 있던 장미 꽃잎은 진짜 꽃잎이었는데, 늑대 인간은 늘 가짜 장미를 달고 다닌다고 하더군요. 범인의 첫 번째 실수이지요.”

왕코 마녀의 손바닥에서 땀이 솟았어요. 그게 가짜 꽃이었다니. 상상도 못 했던 일이었어요.

"그…… 그럼 두 번째 실수는 뭔데?"

"오, 마녀님은 신경 안 쓰셔도 됩니다. 사탕은 나중에 다시 사러 오겠습니다."

문가로 향하던 덤불 백작이 낡은 망토를 펄럭이며 뒤 돌았어요.

"한 가지만 더요. 혹시 냄새를 맡자마자 재채기나 콧물 이 나오는 약초나 마법의 약이 있나요? 마녀님들은 약초 에 대해 잘 아신다고 들었습니다."

왕코 마녀의 심장이 제멋대로 날뛰었어요.

"흠…… 간지럼풀의 냄새를 맡으면 재채기가 난다는 소리가 있지."

덤불 백작의 고불고불한 머리카락이 하늘로 치솟았어 요.

"오, 그렇군요! 그럼 간지럼풀을 먹으면 어떻게 되나요?"

"온종일 재채기가 나고, 콧물이 펑펑 쏟아져."

덤불 백작이 신나게 박수를 쳤어요.

"마녀님 덕분에 범인의 두 번째 실수를 찾았습니다. 사탕에 나쁜 장난을 친 것 같은데, 너무 뻔한 재료를 썼어요. 오, 그럼 안녕히 계십시오."

왕코 마녀는 다리가 후들거려 탁자를 붙잡았어요. 그때 덤불 백작이 가다가 또다시 멈춰 섰어요.

"한 가지만 더요. 간지럼풀은 어디에서 구할 수 있나요?"

"몰라! 요즘 마녀들은 간지럼풀을 잘 안 쓰거든."

"그렇군요. 정말 다행입니다. 오, 마지막으로 한 가지

만 더요. 그럼 간지럼풀이 어떻게
생겼는지는 아십니까? 식물들은
다 비슷비슷하게 생겨서요."
왕코 마녀는 결국 폭발했어요.
"몰라! 모른다고! 쓰지도 않는
데 모양을 어떻게 알아!"
"오, 알겠습니다. 덕분에 큰 도
움이 됐습니다. 이번 기회에 으스스 캔디가 잘되면 좋겠
네요."

왕코 마녀는 머릿속이 빙글빙글 돌았어요. 간지럼풀에
대해 알려 준 자신이 너무나 한심했지요. 텃밭에 형광색
뿌리가 남아 있지는 않은지도 걱정됐어요.

그때 떠난 줄 알았던 덤불 백작이 갑자기 마녀를 향해
걸어왔어요. 쓰레기통에서 마녀의 장갑을 꺼내더니 다정
하게 웃었지요.

"안 쓰실 거면 제가 가져도 되겠습니까? 오, 이제 정말 가 보겠습니다."

왕코 마녀는 덤불 백작이 사라지자마자 쓰레기통에 머리를 박고 안을 들여다봤어요. 시든 장미꽃이 쓰레기들 위에 고이 올려져 있었지요.

마녀는 온몸에 흐르는 땀을 닦으며 덤불 백작이 장미꽃을 못 봤을 거라고 애써 생각했어요.

몬스터 몽땅 잡화점과
다시 찾은 으스스 캔디

"왕코 마녀에게 가길 잘했어요. 이제 간지럼풀을 가진 인간이나 몬스터를 찾으면 되겠네요!"

까로가 덤불 백작의 머리 위를 날아다니며 재잘거렸어요.

"아니면 간지럼풀을 직접 키우고 있거나. 하지만 몬스 먼 마을은 너무 넓어. 인간이나 몬스터의 집을 일일이 찾아다니며 간지럼풀이 있느냐고 물어볼 수는 없지. 우리는 간지럼풀이 어떻게 생겼는지조차 몰라. 좋은 방법이 없을까?"

"범인은 간지럼풀을 직접 키운 게 아닐 수도 있어요!"

"아니라면?"

"샀을지도 모르죠! 몬스먼 마을에는 몬스터 몽땅 잡화점이 있잖아요!"

덤불 백작과 까로는 몬스터 몽땅 잡화점으로 갔어요. 몬스터들을 위한 다양한 상품들을 몽땅 파는 곳이지요. 주인 프랑켄슈타인이 덤불 백작과 까로를 반갑게 맞았어요.

까로가 '아기 새용 진짜 지렁이 맛 젤리'를 쪼아 먹는 동안, 덤불 백작은 '목 넘김이 편한 신선한 뱀파이어 주스'를 들이켰어요. 덤불 백작은 이 주스만 있으면 사람이나 동물의 피가 필요 없답니다.

"사장님, 혹시 여기에서 간지럼풀을 파나요?"

"아니요. 약초는 팔지 않습니다. 그런 건 마녀들이 직접 키워서 팔거든요."

"그럼 약초에 관한 책은 있을까요? 간지럼풀이 어떻게 생겼는지라도 알고 싶어서요."

"음, 지하 3층에 있는 서적 코너에서 '마녀' 서가를 찾아보세요."

덤불 백작과 까로는 소용돌이
모양을 한 삐걱거리는 계단을
걸어 내려갔어요. 지하 3층에
이르자 어둑어둑한 등불 아래
천장까지 빽빽이 꽂힌 책들이
보였지요. 책장들 사이에 난 복도는

끝도 보이지 않을 만큼 길었어요. 덤불 백작은 오래된 책
들에서 풍기는 퀴퀴한 냄새를 마시며 말했어요.

"네 도움이 필요하겠는데. 마녀 서가를 찾아야 해."

"맡겨만 주세요, 백작님!"

까로가 날개를 푸드덕거리며 날아올랐어요.

까로가 책장들 사이를 돌아다니며 간신히 마녀 서가
를 찾아냈어요. 덤불 백작은 《음흉한 마녀를 위한 약초

사전》을 뽑아 들고 간지럼풀이 어떻게 생겼는지 들여다
봤어요. 간지럼풀은 평범한 식물처럼 보였지만 줄기마다
노란색 솜털이 촘촘히 붙어 있었어요. 솜털을 보자 코가
근질근질해지면서 또다시 재채기가 나올 것 같았지요.

〈간지럼풀〉

길이 : 20cm

특징 : 줄기마다 노란색 솜털이 붙어 있
으며 뿌리가 형광색이다. 어디에서든 잘 자
라기 때문에 키우기 쉬운 편.

음흉한 마녀를 위한 팁 : 간지럼풀을 빻
아서 가루로 만든 다음 음식에 뿌리면, 그
음식을 먹은 사람과 몬스터에게 엄청난 재
채기와 콧물을 일으킬 수 있다. 하지만 만
들기 번거롭기 때문에 요즘에는 잘 쓰지 않
는다.

"왕코 마녀님의 말이 맞아. 간지럼풀로 재채기와 콧물을 일으킬 수 있다는구나."

"뿌리가 형광색이라니 신기하네요!"

덤불 백작과 까로는 책값을 치른 뒤 잡화점에서 나왔어요.

그때 길 건너편에서 자신을 또다시 훔쳐보는 남자아이와 눈이 딱 마주쳤지요. 덤불 백작은 다른 곳을 바라보는 척하다 아이를 향해 냅다 뛰었어요. 아이는 놀라서 도망치기 시작했어요.

"얘야, 거기 서! 왜 날 따라다니는 거지?"

아이는 몬스먼 공원 쪽으로 뛰었어요. 뱀파이어들은

보통 눈에 안 보일 정도로 빠르지만, 덤불 백작은 백 살 밖에 안 돼서 그렇지 못했어요. 아이는 덤불 백작이 아직도 따라오는지 보려고 고개를 돌렸어요. 그러다 다리가 꼬여 나동그라졌지요.

덤불 백작은 숨을 몰아쉬며 아이 앞에 멈췄어요. 아이는 다친 무릎을 붙잡은 채 서럽게 훌쩍였어요. 무릎에 난 상처에서 피가 배어 나왔지요.

"피, 피……."

피를 본 덤불 백작의 머릿속은 소용돌이처럼 빙글빙글 돌아갔어요. 덤불 백작은 그대로 정신을 잃고 말았지요.

"이봐, 덤불 백작! 덤백! 정신 차려!"

간신히 눈을 뜨자 경찰서장과 부하들의 퉁명스러운 얼굴이 보였어요.

"왜 공원 한복판에 뻗어 있는 거야! 설마 또 피를 보고 기절한 건 아니겠지? 당신, 뱀파이어 맞아?"

덤불 백작은 벌떡 일어났어요. 아까 일이 어렴풋이 떠올랐어요.

"그 아이는요? 넘어져서 무릎을 다쳤는데!"

"누구? 우리가 지나갈 때는 자네밖에 없었어."

"까로, 너도 그 아이가 어디로 가는지 못 봤니?"

까로도 고개를 저었어요.

"백작님 곁을 떠날 수가 없어서 저도 못 쫓아갔어요."

덤불 백작은 더욱 더러워진 망토를 털고 다시 걷기 시작했어요. 뒤에서 경찰서장이 외쳤어요.

"이봐! 어디 가는 거야?"

"확인할 게 있어서요. 조만간 서장님의 도움이 필요할지도 모르겠습니다."

으스스 캔디에 도착한 덤불 백작은 눈을 휘둥그렇게 떴어요. 예상은 했지만 이 정도일 줄은 몰랐지요. 엄청난 줄이 가게 앞에 늘어서 있었어요. 사람과 몬스터들 모두 핼러윈 사탕을 사려고 아우성이었지요. 자기 차례가 오기 전에 사탕이 떨어질까 봐 다들 걱정이 가득했어요.

가게 안에서는 얼굴이 시뻘게진 마녀가 가게를 가득 메운 손님들을 향해 고래고래 소리를 지르고 있었지요.

"줄 서! 사탕 처음 봐? 살 마음이 없으면 만지지 마! 바쁘니까 3초 안에 골라!"

덤불 백작은 손님들 사이를 비집고 간신히 안으로 들어갔어요.

"오, 마녀님! 장사가 정말 잘되네요. 이렇게 손님이 많은 모습은 처음 봅니다!"

왕코 마녀는 숨을 헉 들이마셨어요.

"뭐야! 당신은 왜 또 온 거지?"

"아까 다시 오겠다고 말씀드렸잖아요. 마녀님께 물어볼 것도 있고요."

"지금 바쁜 거 안 보여?"

덤불 백작은 덤불 같은 머리카락 속에서 《음흉한 마녀를 위한 약초 사전》을 꺼내 왕코 마녀의 눈앞에 펼쳤어요. 간지럼풀이 그려진 그림을 보자, 마녀의 이마에 식은땀이 맺히기 시작했어요.

"이 간지럼풀 말입니다, 이제는 잘 쓰지 않는 약초라고 하네요. 마녀님 말이 맞았어요."

"거봐, 내가 뭐랬어. 사탕 사고 싶으면 줄이나 서!"

"오, 한 가지만 더요. 이 책을 보면 간지럼풀은 얼마든지 재배할 수 있다고 하는데요, 그 방법은 안 적혀 있습니다. 씨앗은 어디에서 구할 수 있죠? 키우는 방법은요?"

왕코 마녀는 당연히 알고 있었어요. 자기 집 텃밭에서 간지럼풀을 몰래 키웠으니까요. 빨리 덤불 백작을 내쫓고 싶었지만 뭐라고 대답해야 할지 난감했어요. 게다가 손님들이 와글거리는 통에 생각을 제대로 할 수가 없었어요.

"글쎄, 예전에 마녀 학교에서 배웠을 텐데 잊어버렸어."

"오, 그럼 잘 생각해 보면 기억이 날 수도 있겠네요. 꼭 가르쳐 주시면 좋겠습니다. 저녁에 마녀님 집에서 만나면 어떨까요? 그때까지 그 근처에서 산책이나 해야겠습니다."

"뭐라고!"

덤불 백작은 고개를 갸웃했어요.

"안 되나요? 산책만큼 건강에 좋은 것도 없는데요."

"저녁이 되려면 아직 멀었잖아! 그리고 우리 집 뒷산에는 사나운 고블린들이 자주 나타나. 산책하기에 좋은 곳이 아니라고."

왕코 마녀는 텃밭에 키웠던 간지럼풀을 이미 다 뽑아 버렸어요. 하지만 흙 속에 형광색 뿌리가 남아 있을까 걱정되었지요. 덤불 백작이 그곳을 어슬렁거리다 형광색 뿌리를 보기라도 하면 큰일이에요. 다행히 덤불 백작은 이렇게 말했어요.

"오, 알겠습니다. 저도 고블린들은 좀 무섭거든요."

덤불 백작은 순순히 가게를 떠났어요. 왕코 마녀는 빨리 집으로 달려가서 텃밭을 확인하고 싶었어요. 하지만 손님들이 오후 내내 마녀를 들볶았지요.

"눈알 사탕 한 개는 얼마고, 열 개는 얼마예요?"

"해골 젤리 말고 거미 젤리는 없나요?"

"마녀 아줌마, 쟤가 새치기했어요!"

바라던 대로 수많은 손님들이 으스스 캔디를 메웠지만 왕코 마녀는 행복하지 않았어요. 다 집어치우고 집으로 가고 싶은 마음뿐이었답니다.

마녀를 잡아라!

그날 밤 9시. 왕코 마녀는 간신히 가게 문을 닫았어요. 온종일 서서 일했더니 다리가 후들거리고, 아무것도 먹지 못한 배 속에서는 꼬르륵 소리가 울려 퍼졌지요. 왕코 마녀는 검은 고양이 초콜릿을 한 움큼 씹으며 집을 향해 비틀거리며 달렸어요.

마침내 텃밭에 도착한 왕코 마녀는 머리카락을 쥐어뜯

으며 비명을 질렀어요.

"끄아아아아!"

비에 씻겨 내려간 줄 알았던 간지럼풀 뿌리들이 여전히 흙 위에 흩어져 있었어요. 게다가 밤이라 형광색 뿌리들은 더더욱 눈에 잘 띄었지요. 왕코 마녀는 쭈그려 앉아 형광색 뿌리들을 정신없이 주워 모았어요.

그 순간, 왕코 마녀의 머리 위로 달빛보다 환하고 눈부신 조명이 비추었어요! 덤불 백작과 경찰서장이 드래곤을 타고 마녀를 하늘에서 내려다보고 있었어요. 드래곤의 눈에서 나온 불빛이 왕코 마녀를 쏘아 댔어요. 경찰서장이 확성기에 대고 소리쳤어요.

"왕코 마녀! 당신을 핼러윈 사탕 사건의 범인으로 체포한다!"

왕코 마녀는 빗자루에 올라타고 밤하늘로 도망쳤어요. 어찌나 빠르게 요리조리 하늘을 가르는지 덩치 큰 드래곤으로는 도저히 따라잡을 수 없었어요.

"이봐, 덤백! 당신은 뱀파이어잖아! 박쥐 같은 걸로 변신이라도 해 봐!"

"오, 서장님, 박쥐로 변신해서 몸을 자유롭게 쓰려면 이백 살은 돼야 합니다."

경찰서장은 드래곤의 엉덩이를 찰싹찰싹 때렸어요.

"이 쓸모없는 녀석! 너도 불을 쏘든지 물을 쏘든지 뭐라도 해 보란 말야!"

화가 난 드래곤은 몸을 홱 뒤집어 경찰서장과 덤불 백작을 떨어뜨렸어요. 경찰서장은 미리 메고 있던 낙하산을 얼른 펼쳤어요.

"덤백! 마녀를 잡아아아아아아아!"

덤불 백작은 온 힘을 그러모아 박쥐로 변신했어요. 하지만 백 살밖에 안 된 뱀파이어라 목 아랫부분만 박쥐로 바뀌고 말았지요. 덤불 백작은 머리를 힘겹게 가누며 얄팍한 날개를 퍼덕였어요. 하지만 덤불처럼 거대한 머리 때문에 점점 아래로 떨어졌지요.

밤하늘을 가르던 왕코 마녀는 덤불 백작을 뒤돌아보더니 씩 웃었어요. 그러고는 빗자루의 방향을 돌려 날아왔어요. 덤불 백작이 반갑게 외쳤어요.

"오, 마녀님! 저를 도와주시려고요? 정말 고맙습니다!"

왕코 마녀는 그럴 생각이 간지럼풀의 솜털만큼도 없었어요. 마녀는 빗자루의 막대 부분을 높이 치켜들고는 덤불 백작의 머리를 내리치려 했지요.

덤불 백작이 다급히 외쳤어요.

"막아, 까로!"

"이얍!"

머리카락 사이에서 튀어나온 까로가 두 날개를 펼쳐 빗자루를 잡았어요. 까로는 필사적으로 날개를 휘둘렀지만 결국 빗자루와 덤불 같은 머리카락이 뒤엉키고 말았어요.

왕코 마녀는 빗자루를 머리카락에서 빼내려고 했지만 그럴수록 빗자루는 깊이 박혔어요.

결국 둘은 덤불 백작의 무거운 머리 때문에 하늘에서 떨어지기 시작했어요.

"오, 죄송합니다. 제 머리카락이 말썽이네요."

"머리에 도대체 뭐가 든 거야! 빨리 버려!"

둘은 함께 손으로 머리카락 속을 헤집어, 들어 있던 《음흉한 마녀를 위한 약초 사전》, 돋보기, 망원경, 아령, 전화기, 헤어드라이어, 지렁이 맛 젤리 등을 땅으로 던졌지만 소용없었어요. 덤불 백작의 머리는 정말 숱이 많고 무거웠거든요.

"10초 뒤면 떨어집니다. 으아아악!"

"마녀 살려! 끼아아아악!"

다행히 둘은 주변에 있던 액체 괴물들 위로 떨어져 목숨을 건졌어요. 대신 찐득거리는 초록색 액체가 온몸에 묻었지요.

왕코 마녀가 외쳤어요.

"나한테 도대체 왜 이러는 거야! 난 범인이 아니야!"

땅에서 기다리고 있던 경찰서장도 지지 않고 왕코 마

녀에게 외쳤어요.

"그렇다면 왜 도망쳤는데! 말이 안 되잖아!"

"당신들이 갑자기 불빛을 쐈잖아!"

"그럼 저 텃밭에 남은 건 뭔데! 간지럼풀 뿌리들이잖아!"

"흥. 그게 뭐 어쨌다는 거지? 의심받지 않으려고 뽑으려고 했을 뿐이야. 간지럼풀을 키우는 마녀는 나 말고도 많아. 내가 범인이라는 증거를 대 봐!"

경찰서장은 덤불 백작을 바라봤어요. 덤불 백작은 까로의 도움으로 머리카락에서 빗자루를 간신히 뽑아냈어요. 왕코 마녀는 빗자루를 홱 낚아챘지요.

"오, 죄송합니다. 마녀님이 그렇게 말씀하신다면 저도 증거는 없어요."

경찰서장이 깜짝 놀라 외쳤어요.

"뭐? 이제 와서 무슨 말이야? 그럼 여기 왜 오자고 했어?"

"이 사건을 처음 접했을 때, 저는 핼러윈 축제를 싫어하는 누군가가 사탕을 못 팔게 하려고 꾸민 일이라고 생각했습니다. 그렇다면 으스스 캔디에서도 똑같은 일이 일어나야 하는데, 으스스 캔디에서 파는 사탕은 멀쩡했지요. 어째서 달콤 캔디에서만 그런 일이 생겼을까요? 그래서 저는 범인이 '왜' 그런 짓을 했느냐를 생각해 봤습니다. 그러자 금세 의심스러운 인물이 떠올랐지요. 달콤 캔디가 문을 닫으면 이익을 보는 곳은 으스스 캔디뿐이거든요."

덤불 백작은 땅에 떨어진 《음흉한 마녀를 위한 약초 사

전》을 집어 들었어요.

"증거는 여전히 없습니다. 왕코 마녀님의 말대로 간지럼풀을 키우는 건 잘못이 아니니까요. 하지만 마녀님은 거짓말을 하셨습니다. 이 근처 몬스터들에게 물어봤는데, 뒷산에 사나운 고블린은 살지 않는다고 하더군요. 제가 텃밭을 살피는 걸 막으려고 하셨던 거죠."

왕코 마녀는 으스대며 말했어요.

"아까 말했잖아. 괜히 의심받기 싫었다고. 역시 증거는 아무것도 없군. 이만 돌아가!"

"오, 한 가지만 더요. 글쎄 가장 중요한 질문을 안 했지 뭡니까. 달콤 캔디의 창문이 깨졌던 토요일 밤 말입니다, 비가 참 많이도 왔었죠. 그날 밤 어디에서 뭘 하셨습니까?"

"밤에 하긴 뭘 해! 당연히 집에서 잤지."

"오, 그렇군요! 그럼 아드님께 확인해 봐도 되겠습니까?"

덤불 백작이 마녀의 집 쪽으로 고개를 돌리
자, 문가에 서 있던 남자아이가 화들짝 놀랐어
요. 아이를 본 왕코 마녀의 얼굴은 순식간에
굳었지요. 덤불 백작이 손짓하자 아이는 천
천히 걸어왔어요.

　　"날 계속 따라다니더구나. 내가 '진짜
범인'을 찾을까 봐 걱정이 돼서 그랬
던 거니?"

　　아이는 고개를 숙인 채 아무
말도 하지 않았어요. 덤불 백
작은 다시 물었어요.

"지난 토요일 밤, 엄마가 너와 함께 집에 있었니?"

아이는 고개를 천천히 흔들었어요. 주변에 있던 사람들과 몬스터들은 놀라서 웅성거리기 시작했어요.

왕코 마녀가 외쳤어요.

"뭐가 아니라는 거야! 난 너와 함께 집에 있었어! 아직 어려서 기억이 헷갈리나 보구나."

아이는 고개를 들고 왕코 마녀를 바라봤어요. 깊고 아름다운 눈동자에 눈물이 맺혀 있었어요.

"엄마…… 이제 거짓말은 그만하세요. 그날 밤, 엄마가 밖으로 나가기에 무슨 일인가 싶어서 몰래 따라갔어요. 엄마가 달콤 캔디에 들어가서 마법 가루를 뿌리고, 텃밭에 있는 간지럼풀을 뽑는 모습을 다 봤어요."

왕코 마녀의 손에서 빗자루가 힘없이 떨어졌어요.

아이는 계속 말했어요.

"달콤 캔디에서 사탕을 산 아이들 중에는 제 친구들도 있어요. 엄마는 그 아이들을 고칠 수 있는 마법의 물약도 만들 수 있잖아요. 제 친구들을 낫게 해 주세요, 네? 같이 핼러윈에 사탕을 받으러 다니고 싶어요."

덤불 백작이 조용히 말했어요.

"마녀님 가게에 처음 찾아갔을 때, 선반에 아드님 사진이 있더군요. 으스스 캔디는 음…… 썩 깨끗한 곳은 아니었지만, 사진이 담긴 액자는 평소에도 잘 닦으셨는지 반짝거리더군요. 그래서 사진을 더 유심히 보게 됐고, 저를 아침부터 따라다니던 아이가 마녀님의 아들이라는 걸 알게 됐습니다. 세상에서 가장 소중한 아드님 앞에서 더 이상 거짓말은 안 하셨으면 좋겠습니다. 이제 잘못을 인정하시겠습니까?"

왕코 마녀는 결국 고개를 끄덕였어요.

"우리 가게가 장사가 안 돼서 아들한테도 미안했어. 달콤 캔디만 망하면 아들과 더 행복해질 수 있다고 생각했지."

왕코 마녀는 아들을 끌어안고 눈을 감았어요. 그리고 진심을 담아 말했지요.

"엄마가 정말 잘못했다, 얘야."

숲속에서 간간이 들리는 풀벌레들의 울음소리는 오늘따라 구슬프게 느껴졌어요.

결국 왕코 마녀는 자신의 잘못을 인정하고 몬스먼 경찰서로 갔어요. 달콤 캔디에서 사탕을 사먹은 아이들에게는 재채기와 콧물을 없애는 마법의 물약을 만들어 주었지요. 달콤 캔디는 다시 사탕을 팔기 시작했고, 으스스 캔디는 문을 닫았어요. 으스스 캔디의 문이 언제 다시 열릴지는 아무도 모를 거예요.

쿵쿵쿵.

성문을 요란하게 두드리는 소리가 났어요. 덤불 백작
은 머리카락 속에서 사탕이 가득 담긴 바구니를 꺼냈어
요.

문 앞에는 아이들이 아니라 해골 분장을 한 경찰서장
이 있었지요.

"해피 핼러윈, 덤백!"

"오, 서장님! 들어오셔서 호박 파이 좀 드시겠습니까?"

덤불 백작과 경찰서장은 호박 파이와 따뜻한 차를 놓고 마주 앉았어요. 경찰서장이 선반에 놓인, 형광색 뿌리가 든 유리컵을 가리켰어요.

"저건 또 뭐야?"

"기념으로 그날 간지럼풀 뿌리 하나를 가져왔습니다. 물컵에 담가 놓기만 했는데도 쑥쑥 자라더군요."

덤불 백작과 경찰서장은 함께 웃음을 터뜨렸어요.

"자네 덕분에 사건을 무사히 해결했어. 지난번에는 고맙다는 인사도 제대로 못 했군."

"별말씀을요. 마녀님의 아들이 아니었다면 저도 꽤 애를 먹었을 거예요."

"사건도 해결됐는데 기분이 안 좋아 보이는군."

"결국 마녀님은 사랑하는 아들과 당분간 떨어져 지내

야 할 테니까요. 달콤 캔디의 사탕에 마법 가루를 뿌리지 않았어도 으스스 캔디가 잘될 수 있는 방법은 얼마든지 있었습니다. 손님들을 다정히 대하고, 가게를 깨끗이 청소하기만 했어도 좋았겠지요. 지나친 욕심은 종종 눈앞을 흐리게 만드나 봅니다."

경찰서장은 눈을 가늘게 뜨고 덤불 백작을 바라봤어요.

"그건 그렇고, 자네가 피를 무서워하는 이유는 도대체 뭐야? 왜 피만 보면 기절하는 거지?"

덤불 백작의 머릿속에 누군가의 얼굴이 떠올랐어요.

하지만 고개를 흔들어 그 모습을 쫓아 버렸지요. 오늘은 몬스먼 마을에서 가장 즐거운 핼러윈 축제 날이니까요.

"언젠가는 꼭 말씀드리겠습니다. 너무 긴 이야기라서요."

경찰서장은 바구니에서 사탕 하나를 꺼내 쩝쩝 빨아 먹었어요. 어느 가게에서 온 사탕인지는 알 수 없었지만, 사탕은 오늘따라 더 달콤하고 맛있었답니다.

덤불 백작의 첫 번째 모험에 초대합니다!

여러분은 '탐정'을 생각하면 어떤 이미지가 떠오르나요?

뛰어난 관찰력과 남다른 끈기로 증거를 모으고, 그 증거를 바탕으로 어딘가에 꽁꽁 숨어 있을 범인을 찾아내는 사람일 거예요. 탐정의 날카로운 추리로 마침내 범인이 밝혀지는 순간은 언제나 가슴이 두근거리지요.

하지만 이 과정을 거꾸로 만들면 어떨까요? 사건이 어떻게 일어났는지, 범인은 누구인지가 첫 장면부터 등장한다면 그 이야기는 어떻게 흘러갈까요? 〈몬스터 해결사 덤불 백작〉 시리즈는 바로 이런 아이디어에서 출발했습니다.

인간과 몬스터가 함께 살아가는 몬스먼 마을.

마을의 가장 큰 축제인 핼러윈이 열리기 며칠 전, 달콤 캔디 가게에서 수상한 사건이 벌어집니다. 그곳에서 사탕을 사 먹은 아이들이 엄청난 콧물과 재채기에 시달리기 시작하지요. 범인은 자신의 계획이 완벽하다고 기뻐하지만 어딘가 실수가 있기 마련. 몬스먼 마을 최고의 참견쟁이 덤불 백작이 이 사건을 해결하러 뛰어듭니다.

아직 백 살밖에 안 된 어린(?) 뱀파이어이자, 피를 보기만 해도 기절하는 탓에 '목 넘김이 편한 신선한 뱀파이어 주스'를 마시고, 덤불 같은 머리카락에 온갖 잡동사니를 넣고 다니는 덤불 백작. "오, 한 가지만 더요!"라는 말을 능청스럽게 외치며 탐정보다 끈질기게 범인의 빈틈을 파고듭니다. 덤불 백작에게 저 말을 세 번 넘게 들었다면, 자신의 잘못을 순순히 털어놓는 편이 좋을 거예요.

나는 벌써 범인이 누군지 안다고요? 맞아요, 여러분은 범인의 정체와 사건이 일어난 이유를 이미 알겠지만 범인이 어떤 실수에서 발목을 잡힐지, 덤불 백작이 범인을 어떻게 몰아붙일지 즐거운 마음으로 지켜보시면 좋겠습니다.

앞으로 몬스먼 마을에는 또 어떤 수상한 일이 벌어질까요? 덤불 백작은 다음번에도 사건을 해결할 수 있을까요? 다른 사람에게 점점 무관심해지는 요즘, 몬스먼 마을을 위한 덤불 백작의 오지랖은 우리가 갖추어야 할 미덕 중 하나가 아닐까요?

2024년 가을
김하연

몬스터 해결사
덤불 백작
1. 핼러윈 사랑 사건

김하연 글 | 이세아 그림

1판 1쇄 펴낸날 2024년 10월 31일

펴낸곳 (주)베틀북

펴낸이 강경태

등록번호 제16-1516호

제조국 대한민국

대상연령 8세 이상

주소 서울시 강남구 테헤란로86길 14 윤천빌딩 6층 (우)06179

전화 (02)3450-4151

팩스 (02)3450-4010

© 김하연, 이세아, 2024

ISBN 979-11-93375-15-0   73810